Romantic Science

A case study

Ayumu GOUKON, Ph. D.

ナカニシヤ出版

Luria に捧ぐ

Romantic Science

研究を行う上で大事なのは客観性です。
研究を行う者は、対象とある程度の距離をとります。

研究の成果を必要としている人がいます。
それは、対象と日々接している方々です。

研究の成果は、大抵、よそよそしいものです。
秘めた想いがあっても、とりすました表情で、というのが鉄則。

難解な文章や見知らぬ専門用語の数々。
読んで欲しいという気持ちがあるのかないのか分からない文体。

必要としている方々に届くような研究。
それを可能にしたLuriaという研究者の存在。

対象をバラバラにしない。粉々にしない。
その人を総体として捉え、描き出す研究。

バランス感覚が求められる、とても難しい方法です。
一歩間違うと、研究としては認めてもらえません。

客観的な研究は、対象と距離をとる。
客観的な研究は、対象をバラバラにして、粉々にする。

人間を対象とする研究には、相手（対象）がいます。
研究の対象は、人間です。

人間を研究するというのは、とても難しいことです。
人間をバラバラにしたり、粉々にしてはいけないからです。

距離をとりつつ、触れずに、要素（部分）を抜き出す。
生々しく見えぬよう、抽象的な形に加工する。

そのようなトレーニングを多くの研究者は受けています。
手触りや匂いのない、無機質な論文を生み出す訓練の数々。

自分が必要としている研究成果を生み出す研究者。
度を失うと、研究として認められることはありません。

主体性を保ちつつ、客観性を保った研究。
対象の存在に深く関与しつつ、没入はしていない研究。

触ったことのない研究者が「すぐ死ぬ」と言っている子ども。
その子どもに日々触れて「生きて欲しい」と願う研究。

Luria が保った一線も踏み越えた所業が研究と言えるかどうか。
でも、それは、Romantic Science だと思うのです。

保護者の責任

昔は人間が当たり前にやっていたこと。
現代では、専門家にお願いしなくてはならないことばかり。

だから、専門家にお願いします。
独断で行うと、社会的な問題となるからです。

専門家は、たくさんの知識と技術を有しています。
一般の人は、専門家の判断は正しいと思っています。

専門家自身は、自分も人間だと思っています。
知らないこともあれば、間違いや偏りもあります。

専門家は、頼りにされます。
頼りにされた分、責任も負うことになります。

社会の中では、責任があちこちに分散されています。
子どもについての責任も同様です。

何かあったら医師（病院）のせい。
何かあったら教師（学校）のせい。

何かあったら家庭のせい。
何かあったら保護者のせい。

子どもについての責任を、少しだけ覚悟して、手放さない。
現代ではとても生きづらい選択です。

医師にも知らないことはあるはずです。
教師には知らないことが山程あります。

責任を一方的に押しつけられたら、人間は消極的になります。
互いの覚悟を示し合えなければ、積極的にはなれません。

18トリソミーについて、多くの人々は経験不足です。
子どもと接した経験は、保護者が一番かもしれません。

この泣き方、この症状、この状態はいつもと違う。
専門家の多くは、日常を知る機会に乏しいのです。

子どもの一番の専門家は保護者。
そのことを軽視し過ぎてはいけないと思うのです。

専門家にリスクと責任を一方的に押し付けないこと。
自らも専門家の一人として共に責任を負うこと。

ほんの少しの覚悟と、責任を自覚し、意識的に示す。
そのことを責めない社会であってほしいと願います。

公私混同

子育ては、体力的にも精神的にも厳しい。
重い障害のある子どもなら、尚更です。

家事・仕事・育児。
どう考えても無理があります。

そのため、父親が仕事と育児を公私混同しています。
育児イコール仕事という言い訳です。

それでも、少々厳しい状況であることは否めません。
育児ばかりが仕事ではなく、体調を崩すこともあります。

できるだけ役割を重ねること。
無理な部分は、手を抜くこと。

当然、育児も手抜きです。
そんなことで見栄を張っていては身体がもちません。

危ない橋を渡りながら、何事もなければと願う。
そんな日々の積み重ねで、生活が成り立っています。

一般的な父親よりは育児に介入しています。
育児の範疇を超えた判断も研究者として行っています。

これまでに研究者としてかかわってきた子どもたちがいます。
ただし、会う時は互いに「いい顔」でした。

互いに遠慮をし合っていること。
必要以上には踏み込まないこと。

結局、手触りや匂いのある研究にはなりません。
若干、擦り傷ぐらいは残そうとしてきたのですが…。

手触りや匂いにまみれた状態から、何を抽出できるか。
研究者としては、思わぬ危機に直面しています。

ひと世代前の研究者にとっては当たり前の状態。
身近なものが研究の対象として最も自然な状態。

ただし、現代の研究者としては危機的な状態。
公私混同甚だしい状態。

とはいえ。
過去の自分の研究の至らなさを痛感する機会にもなりました。

普段の様子を知らない者の研究には、必ず限界がある。
研究において素の状態を表すことはできないだろうか。

いるだけでいい

子どもには多くを望んでしまうと思うのですが…。
望みが多すぎるとも思うのです。

言葉を語るわけでもなく。
這って移動するわけでもなく。

自分が元気なうちはそれで構わない。
できるだけ、いてくれれば、と願っています。

話さなくても伝わってくることはあります。
「いる」ということはとても大きなことです。

18トリソミーという場合は特に。
笑ったり、出かけたり、それだけでも驚かれてしまいます。

普段の生活を示すだけで、研究として意味がある。
「アリジゴクのおしっこ」のような話です。

通説を事実で覆すということ。
研究の一つの役割だと考えています。

ただし、いることを傍観しているわけではありません。
いてほしいと願い、積極的な介入を続けています。

自分以外の誰かに報告してもらえば、普通の研究になります。
それでは何かが失われるような気がして思い止まっています。

必然性のある研究。
当面、目指している研究のスタイルです。

いるという状態を維持することに積極的に関与している。
研究者自身が分かち難く組み込まれた研究。

当然、公表の手段は限られます。
Romantic Science を志向する者にとって、書籍は大切な場です。

私の場合は、写真にも頼りました。
本人を皆さんに抱きとめていただくことは難しいので。

存在するということには大きな意味があります。
学術的な通説を揺るがすほどに。

ただし、ひとり、そんな子どもがいる、というだけのこと。
声高にふれ回るようなことではない、とも思うのです。

もしも、気付いた人が、少しだけ微笑んでくれれば。
いるだけで、言葉はなくても。

はじめのころ

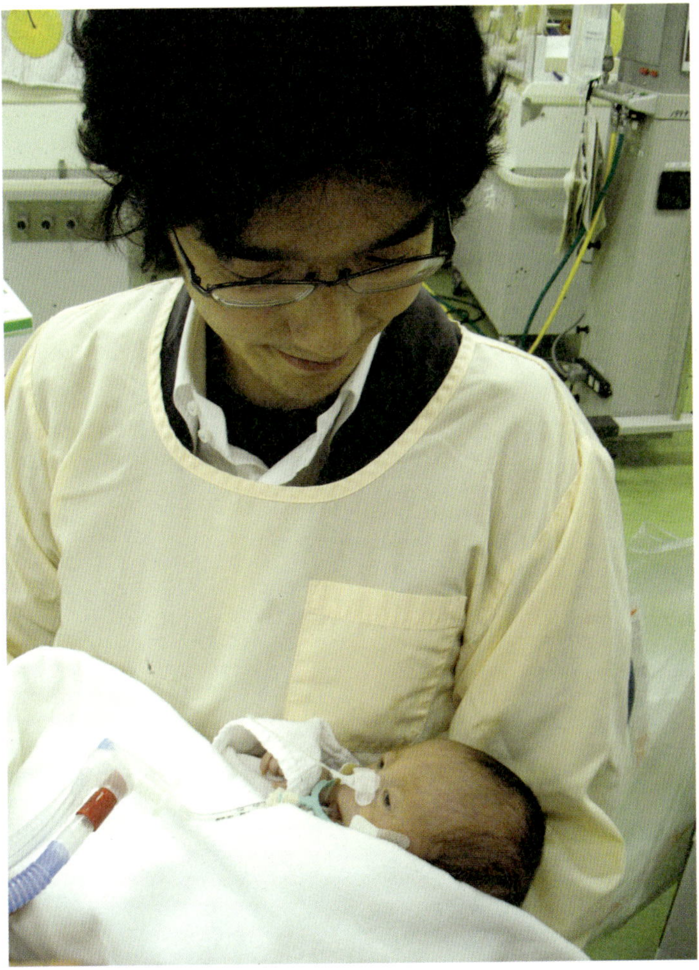

呼吸器卒業

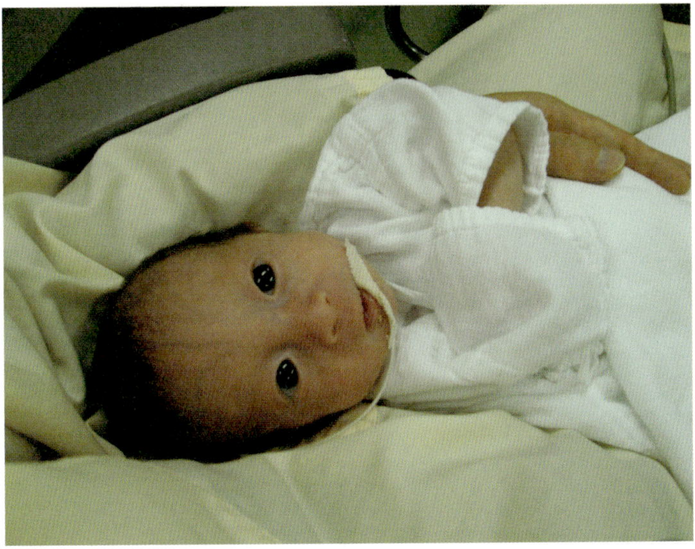

入浴の時間

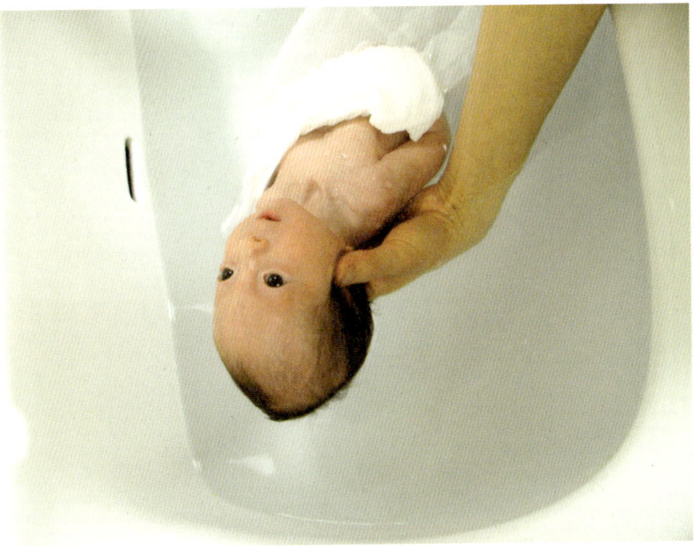

お薬の時間

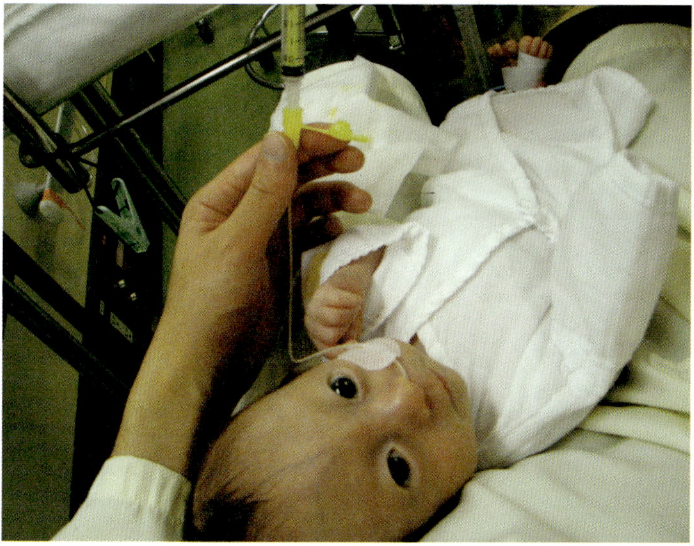

おにぎり

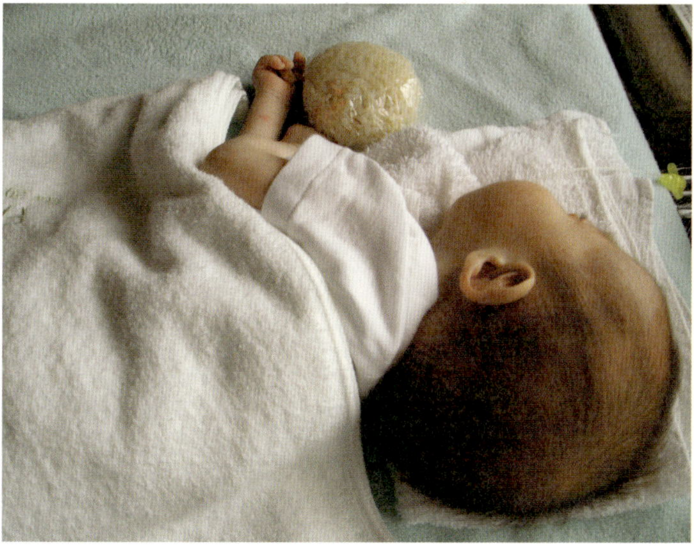

おでかけ

おさんぽ

熟考中

熟睡中

おしのび

ぎょうざ

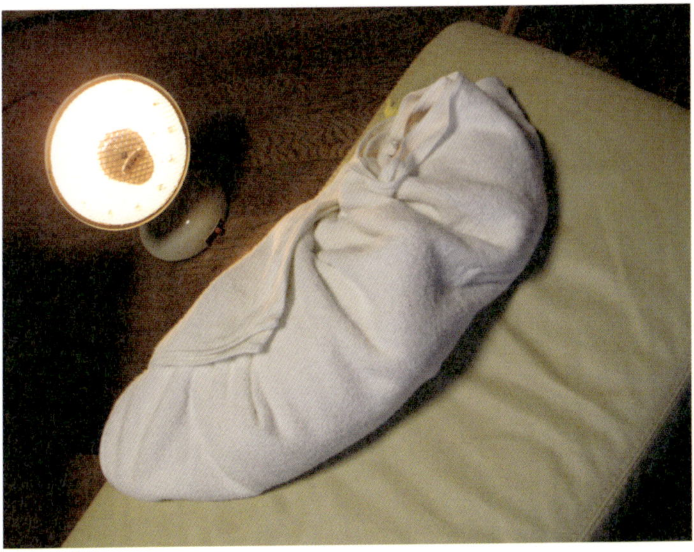

マトリョーシカ

コロッケ

たまには洋服

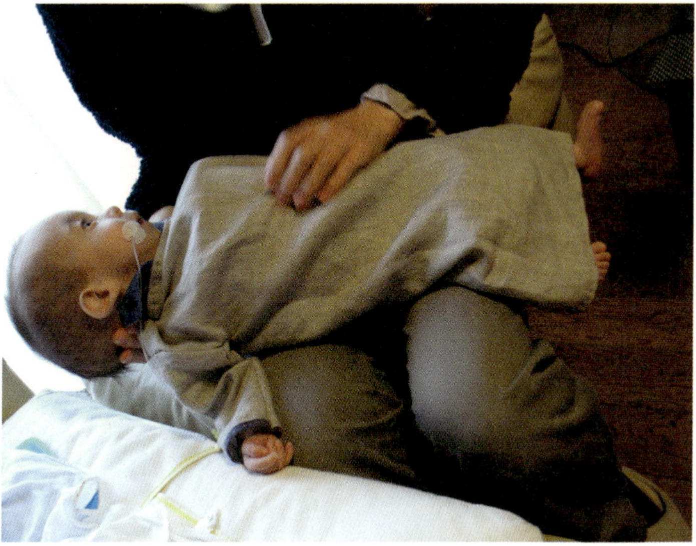

普段着

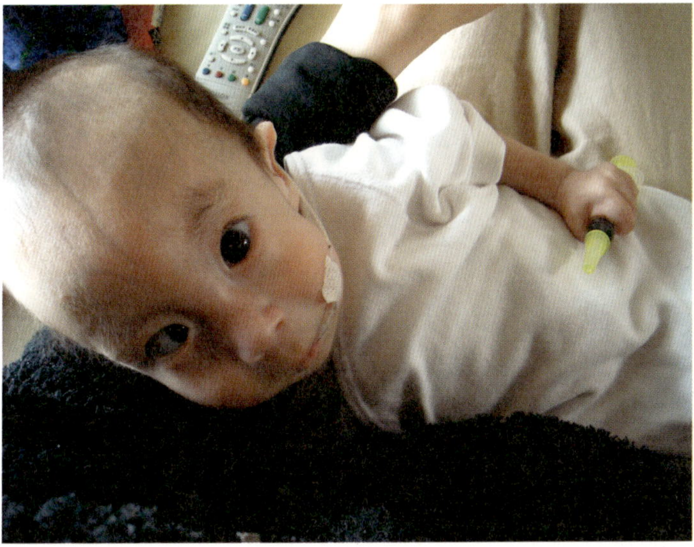

おとなの味

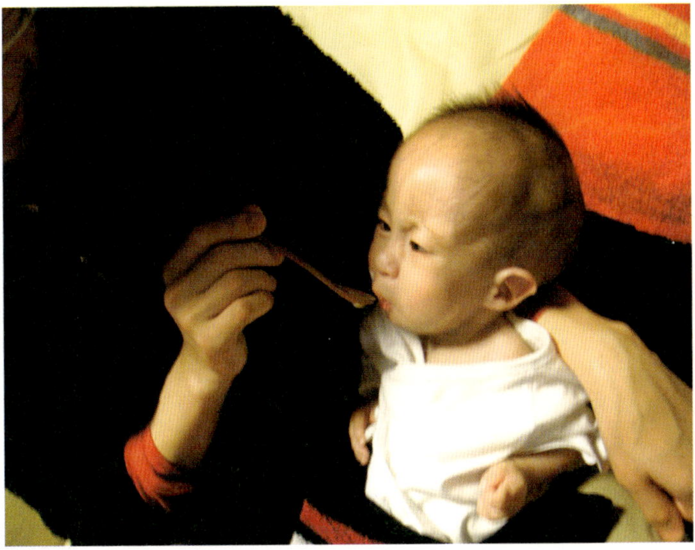

もぐもぐ

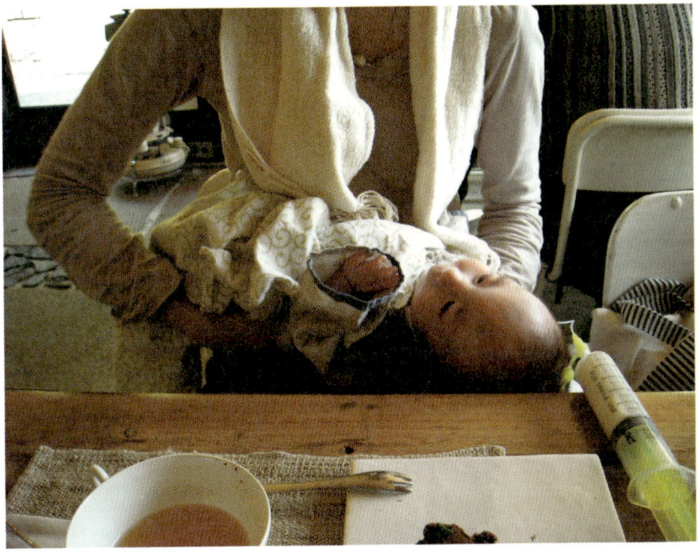

すやすや

wink & peace

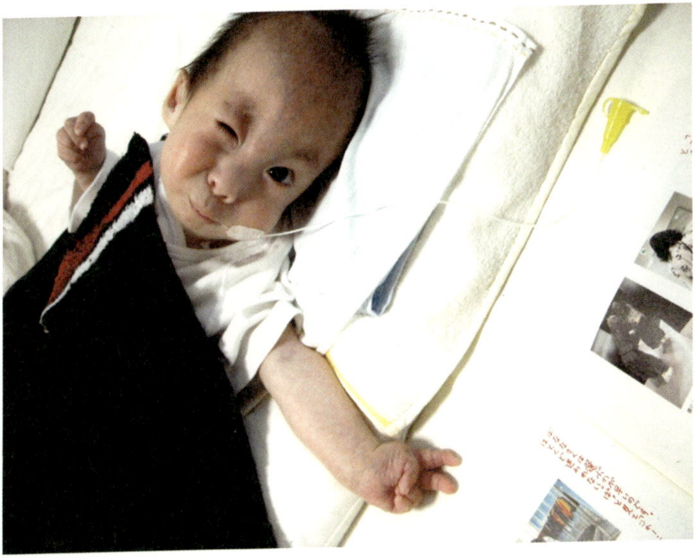

むにゃむにゃ

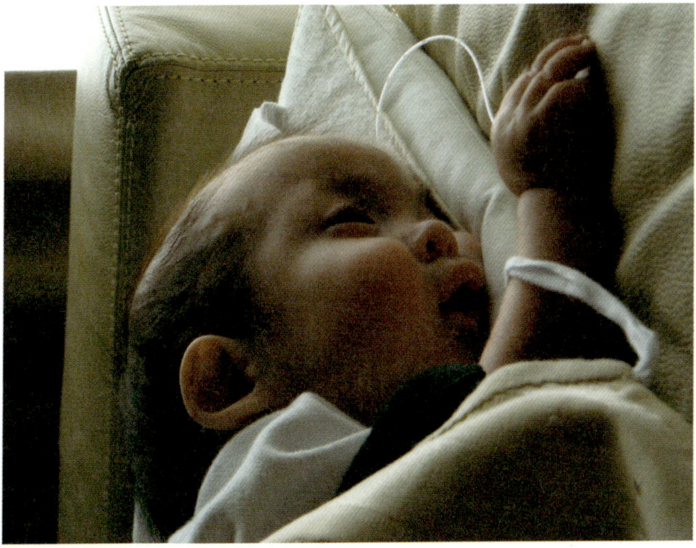

rocker bottom feet

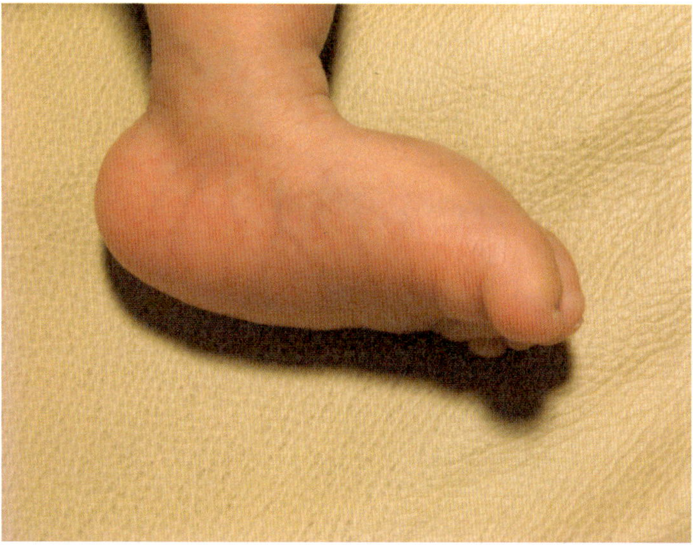

おさんぽの気分

日常の１コマ

やまぶし

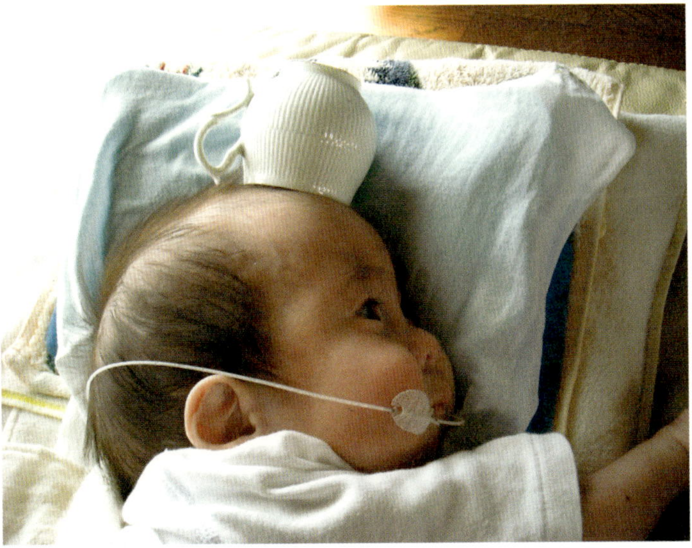

かけっこの気分

そしらぬ顔

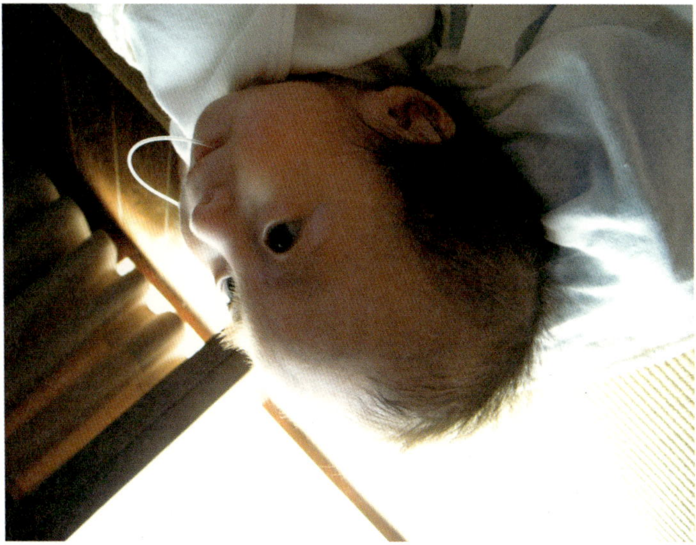

カメラ目線

休日の１コマ

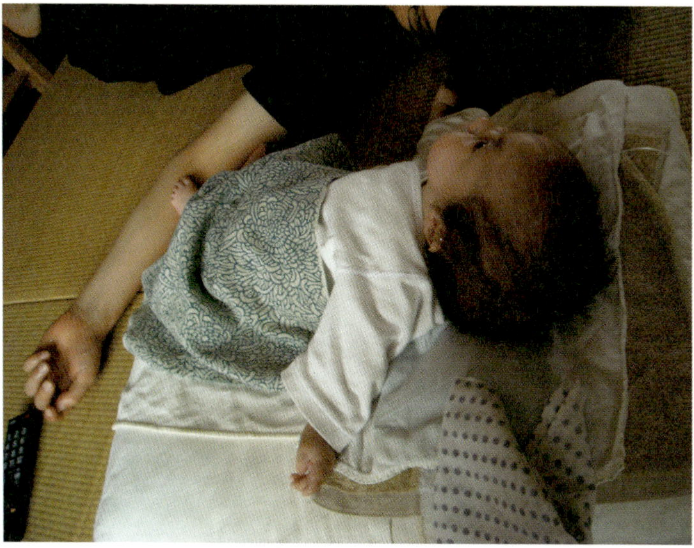

The creation of Adam

…なんちゃって

おめかし

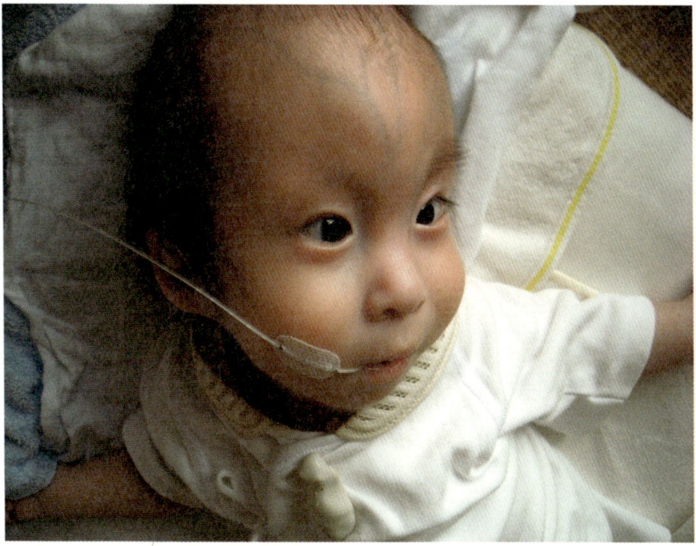

お茶の時間

あるところに…

顔芸

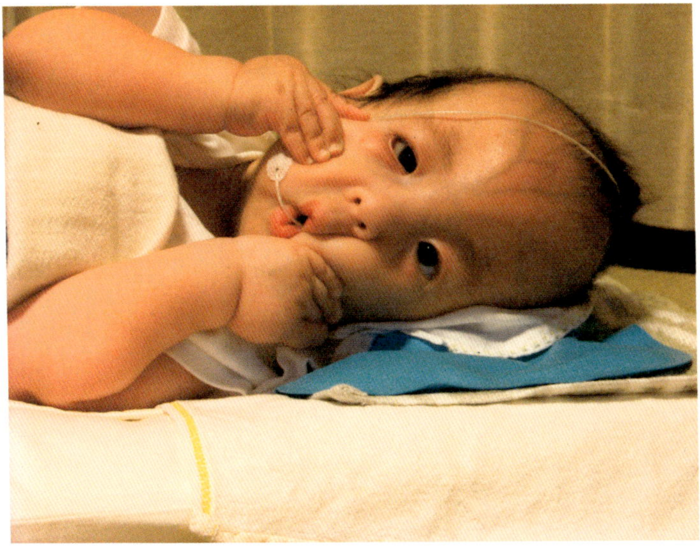

まるくなった

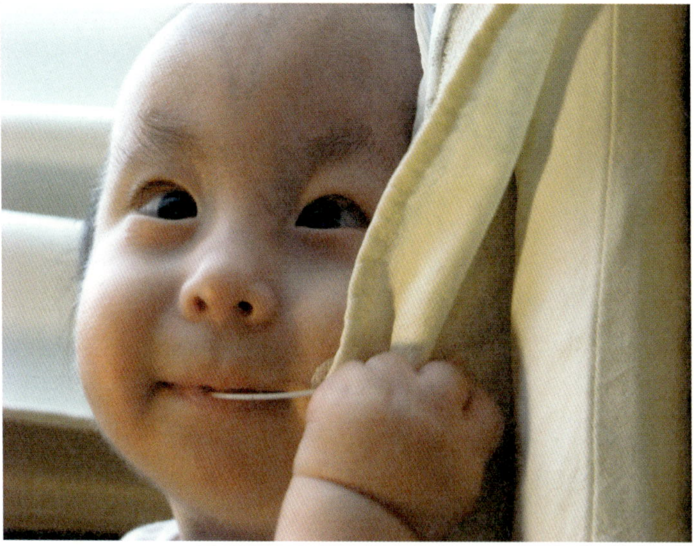

あとがき

The Making of Mind（Luria, 1979）という本があります。
辞書を引きながら読み続けています。

どのような研究者になりたいのか。
読みながら、自身に問い続けています。

最近は 18 トリソミーというテーマと向き合っています。
改めて、研究者としての姿勢を問われることとなりました。

以前までは、他者に伝えるための努力が不十分でした。
今は、どうすれば伝わるのかということを模索中です。

このような書籍は研究とは言えないかもしれません。
多くの規則違反を重ねているという自覚があります。

今回は 3 年分のデータを時系列に沿って整理しました。
掲載は、見る人の気が緩むようなデータに絞りました。

小さくて丸みを帯びた人間がころころしている。
その背景には、どのような考え方があるのか。

実は、管を口から挿しているのも一般的ではありません。
医療関係の方には「どうして？」といつも尋ねられます。

本人が嫌がる。自分が挿されるなら、鼻より口の方がいい。
鼻の場合、もう片方の鼻の穴が詰まったらおしまいかも…。

抜いたり噛んだりすることは仕方がないと諦める。
そのかわり、できるだけ子どもの様子に目を配る。

おそらく、唯一の正解というものはありません。
常識とは違う情報をあちこち埋めておきました。

常識を疑う。
ただし、そのためには大きな責任が伴います。

本書では、その責任と少しだけ向き合ってみました。
もちろん、一人ではできないことでした。

この場をお借りして。
ご支援や御心遣いを頂いている多くの皆様に感謝致します。

そして、今回もナカニシヤ出版の御助力を賜りました。
宍倉由高様と山本あかね様に深謝いたします。

【著者紹介】

郷右近　歩　(ごうこん　あゆむ)
東北大学大学院教育学研究科博士課程後期課程修了。
博士 (教育学)。三重大学教育学部准教授。
「特別支援教育におけるコーディネーターの役割」(2008 年)。
「Trisomy 18: A case study」(2010 年)。

Romantic Science
A case study

2011 年 6 月 20 日　初版第 1 刷発行　(定価はカヴァーに表示してあります)

著　者　郷右近　歩
発行者　中西　健夫
発行所　株式会社ナカニシヤ出版
〒606-8161　京都市左京区一乗寺木ノ本町 15 番地
Telephone　075-723-0111
Facsimile　075-723-0095
Website　http://www.nakanishiya.co.jp/
E-mail　iihon-ippai@nakanishiya.co.jp
郵便振替　01030-0-13128

印刷・製本 = ファインワークス

ISBN978-4-7795-0569-0